Sami et Julie

CALENDRIER

Textes : Sandra Lebrun
Illustrations : Thérèse Bonté

hachette
ÉDUCATION

ISBN : 978-2-01-790121-1

58, rue Jean Bleuzen,
CS 70007, 92178 Vanves Cedex

www.parascolaire.hachette-education.com

COUVERTURE
Conception : Anne Bordenave

INTÉRIEUR
Conception graphique : Anne Bordenave
Réalisation : Anne Bordenave
Édition : Barbara Jung

Achevé d'imprimer en juillet 2025 en Chine par Wai Man Book Binding LTD
Dépôt légal : octobre 2025 - Édition 01

JANVIER

1er Janvier

Blague

Sami s'exclame :

— Maman, je suis super fort !

— Ah bon, pourquoi ?

— J'ai réussi à finir le puzzle en 1 heure alors que c'est écrit « de 3 à 5 ans » sur la boîte.

2 Janvier

DEVINETTE

Pourquoi la maîtresse dit-elle qu'une souris a plus de dents qu'un chat ?

Parce que c'est la petite souris.

3 Janvier

RÉBUS

Réponse : Il y a un chouette film au cinéma.
(île – i – A – un – chouette – fil – meuh – eau – scie – nez – mât)

4 Janvier 

CHARADE

Mon premier est joli.

Mon second est au milieu de la figure.

Mon tout protège du froid.

Réponse : Bonnet (beau – nez).

5 Janvier

Madame

Monsieur

Monsieur et Madame Vié
ont un fils.
Comment s'appelle-t-il ?

Jean, parce que : janvier.

6 Janvier

Qui suis-je ?

On me trouve chez les abeilles,
les fourmis, au château
ou autour d'une galette.

La reine.

7 Janvier

Jeu de mots

Si deux copains sont très amis, on dit :

- [ ] Ils sont copains comme cochons.
- [ ] Ils sont coquins comme cochons.

Ils sont copains comme cochons.

8 Janvier

Blague

Léna dit à sa maman :

— Maman, il faut que tu m'emmènes chez le docteur.

— Pourquoi, tu es malade ?

— C'est la maîtresse qui m'a dit de soigner mon écriture.

9 Janvier

DEVINETTE

Qui est le plus
en forme entre le feutre
et le crayon ?

Le crayon, car il a bonne mine.

10 Janvier

RÉBUS

Réponse : J'ai la fève, c'est moi la reine !
(G – la – F'haie – V'œufs – C – M'oie – la – raie – nœud)

11 Janvier

CHARADE

Mon premier est entre la tête et les épaules.

Mon second est synonyme de « rigoler ».

Mon tout permet d'aller plus vite.

Réponse : Courir (cou – rire).

12 Janvier

Monsieur et Madame Delohopoisson ont un fils. Comment s'appelle-t-il ?

Jérémy, parce que :
J'ai remis de l'eau au poisson.

13 Janvier

Qui suis-je ?

En hiver, tu t'assois sur moi pour glisser sur la neige.

La luge.

14 Janvier

Jeu de mots

Si quelqu'un a une très bonne mémoire, on dit :

☐ Il a une mémoire de faon.

☐ Il a une mémoire d'éléphant.

Il a une mémoire d'éléphant.

15 Janvier

Blague

Louise explique le métier de son papa :

— Mon papa gagne sa vie grâce aux erreurs des autres.

— Ah bon, il est avocat ?

— Non, il fabrique des gommes.

16 Janvier

DEVINETTE

Quel est le point commun
entre un thermomètre
et un professeur ?

On tremble quand
ils annoncent zéro.

17 Janvier

Réponse : C'est ma meilleure copine !
(C – mât – M'haie – i – heure – K'eau – pie – nœud)

18 Janvier

CHARADE

Mon premier est composé d'une tête, de deux bras et de deux jambes.

Mon second est après le chiffre 1.

Mon tout est sur une guitare.

Réponse : Corde (corps – deux).

19 Janvier

Monsieur et Madame Magne
ont un fils.
Comment s'appelle-t-il ?

Charles, parce que :
Charlemagne.

20 Janvier

Qui suis-je ?

Je suis toujours avec toi et je copie tes mouvements. Mais tu ne peux jamais m'attraper ni me toucher.

Ton ombre.

21 Janvier 

Jeu de mots

Si quelqu'un rit très fort, on dit :

☐ Il rit comme une baleine.

☐ Il rit comme un balai.

Il rit comme une baleine.

22 Janvier

Blague

Sami demande à Julie :

— Julie, le chat ronronne quand on le chatouille.

— Oui, Sami.

— Et les chiens, est-ce qu'ils ronronnent quand on les chientouille ?

23 Janvier

DEVINETTE

À la cantine, qui a des dents
mais ne mange rien ?

Une fourchette.

24 Janvier

RÉBUS

Réponse : L'écureuil a retrouvé ses noisettes.
(lait – Q – R'œil – A – R'œufs – T'roue – V – C – N'oie – Z'haie – T'œufs)

25 Janvier

CHARADE

Mon premier est au fond de la tarte.
Mon deuxième est la neuvième lettre de l'alphabet.
Mon troisième est l'action de couper du bois.

Mon tout est un métier.

Réponse : Pâtissier (pâte – i – scier).

26 Janvier

Madame
Monsieur

Monsieur et Madame Lairbon
ont un fils.
Comment s'appelle-t-il ?

Oussama, parce que :
Ouh ! Ça m'a l'air bon !

27 Janvier

Qui suis-je ?

Je nage et je suis le plus drôle de l'océan.

Le poisson-clown.

28 Janvier

Jeu de mots

Si quelqu'un est en pleine forme, on dit :

- [ ] Il a mangé un avion.
- [ ] Il a mangé du lion.

Il a mangé du lion.

29 Janvier

Blague

La maîtresse dit à Nina :

— Regarde, tu as écrit un « p » en trop à « apercevoir ».

— D'accord... Mais je fais comment pour savoir lequel des deux est en trop ?

30 Janvier

DEVINETTE

Qu'est-ce qui est jaune à l'intérieur et vert à l'extérieur ?

Une banane déguisée en concombre.

31 Janvier

Réponse : Il fait froid, je vais mettre une écharpe.
(île – fée – FR'oie – jeu – V – M'haie – TR'œufs – U – nez – char – P'œufs)

FÉVRIER

1er Février

CHARADE

Mon premier est au milieu du visage.

Mon second est avant « tu ».

Mon tout est froid.

Réponse : Neige (nez – je).

2 Février

Madame

Monsieur

Monsieur et Madame
Mangélécrêpe ont une fille.
Comment s'appelle-t-elle ?

Ella, parce que :
Elle a mangé les crêpes.

3 Février

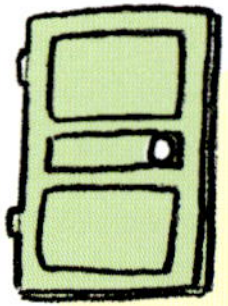

Qui suis-je ?

J'ai des dents
et j'ouvre la porte.

La clef.

4 Février

Si quelqu'un fait un grand sourire, on dit :

☐ Il a le sourire jusqu'aux oreilles.

☐ Il a le sourire jusqu'aux orteils.

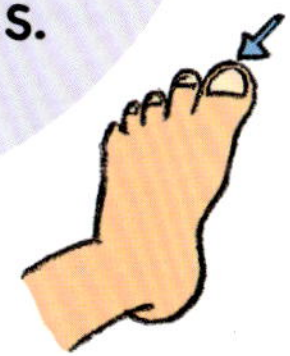

Il a le sourire jusqu'aux oreilles.

5 Février

Blague

Un bébé éléphant rentre de l'école en pleurant.

Sa maman lui demande :

— Mais pourquoi pleures-tu ?

— Je me suis trompé !

6 Février

DEVINETTE

Pourquoi la maîtresse dit-elle que les carottes donnent une bonne vue ?

Parce qu'on n'a jamais vu un lapin porter des lunettes !

7 Février

RÉBUS

Réponse : Je vais faire un bonhomme de neige !
(jeux – V – fer – un – B'eau – N'eau – meuh – deux – nez – J'œufs)

8 Février

CHARADE

Mon premier est un morceau de tarte.
Mon deuxième est à toi (ma, ..., sa).
Mon troisième est la septième lettre de l'alphabet.

Mon tout est très gentil.

Réponse : Partager (part – ta – G).

9 Février

Madame
Monsieur

Monsieur et Madame Aire
ont une fille.
Comment s'appelle-t-elle ?

Axelle, parce que :
Accélère !

10 Février

Qui suis-je ?

Je brille dans le ciel
ou je vis dans la mer.

Une étoile.

11 Février

Jeu de mots

Si quelqu'un veut la réponse à une question, on dit :

☐ Il donne sa langue au rat.

☐ Il donne sa langue au chat.

Il donne sa langue au chat.

12 Février

Blague

Léna rentre toute contente à la maison :

— Maman, maman, j'ai eu 10 aujourd'hui !

— Bravo ma chérie ! C'était en quoi ?

— C'était à la visite médicale, j'ai 10 aux deux yeux !

13 Février

DEVINETTE

Pourquoi les élèves
aiment-ils bien la professeure
de musique ?

Parce qu'elle met
de bonnes notes.

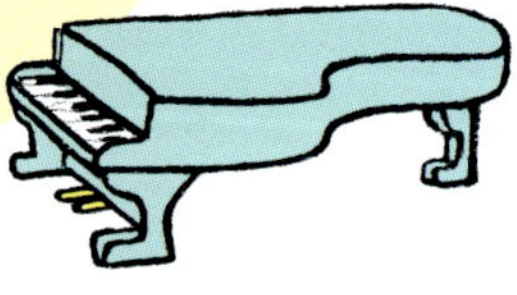

14 Février

RÉBUS

Réponse : Il paraît que les chiens aiment les girafes.
(île – pas – raie – queue – lait – chien – haie – meuh – lait – J – rat – feu)

15 Février

CHARADE

Mon premier est la moitié de « coco ».

Mon deuxième est sous la vache.

Mon troisième tient les lacets serrés.

Mon tout est Léna pour Julie.

Réponse : Copine (co – pis – nœud).

16 Février

Monsieur Madame

Monsieur et Madame Cale
ont deux filles et un fils.
Comment s'appellent-ils ?

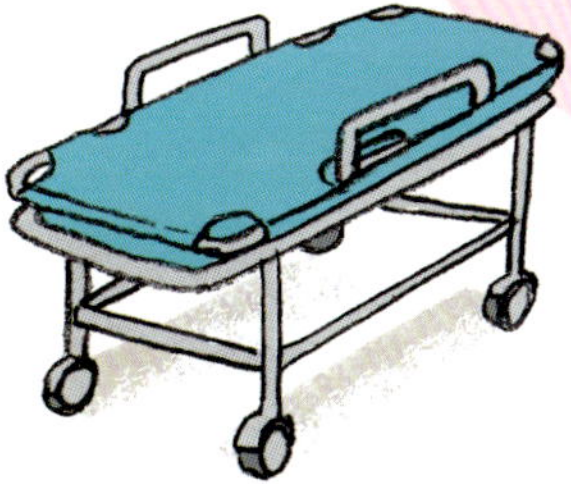

Anna, Lise et Mehdi,
parce que : analyse médicale.

17 Février

Qui suis-je ?

Je suis dans les mains
d'une fée ou chez
le boulanger.

La baguette.

18 Février

Jeu de mots

Si quelqu'un est rêveur, on dit :

☐ Il a la tête dans les nuages.

☐ Il a la tête dans le fromage.

Il a la tête dans les nuages.

19 Février 

Blague

Sami va chez l'épicier et demande trois kilos de pommes. L'épicier lui demande :

— Tu préfères des grosses ou des petites ?

— Des petites, comme ça, ce sera beaucoup moins lourd à porter !

20 Février

DEVINETTE

Où trouve-t-on dimanche avant jeudi ?

Dans le dictionnaire.

21 Février

RÉBUS

Réponse : Ton chat n'aime pas les saucisses.
(thon – chat – nez – meuh – pas – lait – seau – six)

22 Février

CHARADE

Mon premier est entre les épaules et la tête.
Mon deuxième est le son émis par un serpent.
Mon troisième est entre les épaules et la tête.
Mon quatrième est le son émis par un serpent.

Mon tout est un plat chaud.

Réponse : Couscous (cou – sss – cou – sss).

23 Février

Madame

Monsieur

Monsieur et Madame Cuzbidon
ont un fils.
Comment s'appelle-t-il ?

Alex, parce que :
Ah ! L'excuse bidon !

24 Février

Qui suis-je ?

J'ai quatre pieds et une tête
mais je ne bouge pas.

Un lit.

25 Février

Jeu de mots

Si des personnes sont serrées les unes contre les autres, on dit :

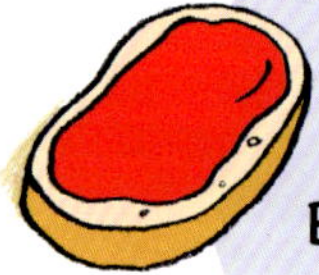

☐ Elles sont serrées comme des tartines.

☐ Elles sont serrées comme des sardines.

Elles sont serrées comme des sardines.

26 Février

Blague

Sami et Tom sont dans la cour de récré.

Sami éternue :

– Atchooouuuum !

– Tu pourrais mettre ton coude devant ta bouche quand tu éternues ! dit Tom.

– J'ai déjà essayé, mais ça n'empêche pas d'éternuer.

27 Février

DEVINETTE

Qui parle toutes les langues
mais n'est jamais allé à l'école ?

Le téléphone.

28 Février

RÉBUS

Réponse : Partons à la pêche !
(part – thon – A – la – pêche).

Mars

1er Mars 

CHARADE

Mon premier est un adjectif possessif : ma, ta, ...

Mon second permet de fabriquer de la farine.

Mon tout est un gâteau sec.

Réponse : Sablé (sa – blé).

2 Mars

Monsieur et Madame Marade
ont une fille.
Comment s'appelle-t-elle ?

Jessica, parce que :
J'ai six camarades.

3 Mars

Qui suis-je ?

J'ai des poils et des ailes,
et je dors la tête en bas.

La chauve-souris.

4 Mars

Jeu de mots

Si quelqu'un a très faim, on dit :

☐ Il a une faim de pou.

☐ Il a une faim de loup.

Il a une faim de loup.

5 Mars

Blague

Julie demande à Léna :

— Quelle heure est-il ?

— Je ne sais pas, ça change tout le temps !

6 Mars

DEVINETTE

Pourquoi la maîtresse dit-elle que la grenouille est sourde ?

Parce que la grenouille dit toujours : « Quoi ? Quoi ? » (Coa – coa).

7 Mars

RÉBUS

Réponse : Les lapins se cachent dans la forêt.
(lait – la – pain – S'œufs – K – CH'œufs – dent – la – F'eau – raie)

8 Mars

CHARADE

Mon premier penche à Pise.

Mon deuxième est compris entre 1 et 3.

Mon troisième tient la voile du bateau.

Mon quatrième est la dixième lettre de l'alphabet.

Mon tout nous épate !

Réponse : Tour de magie (tour – 2 – mât – J).

9 Mars

Madame Monsieur

Monsieur et Madame
Dondevélo ont un fils.
Comment s'appelle-t-il ?

Guy, parce que :
guidon de vélo.

10 Mars

Qui suis-je ?

Je nage et je suis
un grand rêveur.

Le poisson-lune.

11 Mars

Jeu de mots

Si quelqu'un est gentil, on dit :

☐ Il est doux comme un agneau.

☐ Il est mou comme un agneau.

Il est doux comme un agneau.

12 Mars 

Blague

Une petite fille voit un cambrioleur partir de chez elle. Elle l'appelle :

— Attendez, monsieur le voleur ! Vous avez oublié de prendre mon bulletin de notes.

13 Mars

DEVINETTE

Comment faire pour partager
13 pommes de terre
entre 11 personnes ?

On fait de la purée.

14 Mars

RÉBUS

Réponse : Où est passé l'aspirateur ?
(houx – haie – pas – C – L'as – pie – rat – T'heure)

15 Mars 

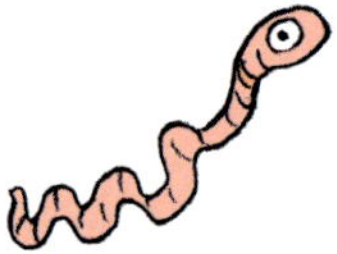

CHARADE

Mon premier est de la terre mélangée avec de l'eau.

Mon deuxième n'est pas rapide.

Mon troisième est avant « tu ».

Mon quatrième est un petit grain blanc qui se mange.

Mon tout est un commerce.

Réponse : Boulangerie (boue – lent – je – riz).

16 Mars

Monsieur Madame

Monsieur et Madame Défrite
ont un fils.
Comment s'appelle-t-il ?

Yvan, parce que :
Il vend des frites.

17 Mars

Qui suis-je ?

Je suis vert, je pousse dans les prairies, et avec quatre feuilles je porte chance.

Un trèfle à quatre feuilles.

18 Mars

Jeu de mots

Si quelqu'un a mauvais caractère, on dit :

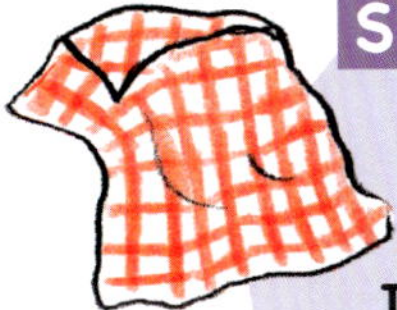

☐ Il a un caractère de torchon.

☐ Il a un caractère de cochon.

Il a un caractère de cochon.

19 Mars

Blague

Sami demande à ses parents :

— Papa, Maman, est-ce que vous êtes courageux ?

— Bien sûr, mon chéri.

— Bon, alors vous pouvez regarder mon bulletin de notes !

20 Mars

DEVINETTE

Pourquoi les magiciens sortent-ils des lapins de leurs chapeaux ?

Parce que les éléphants sont trop gros.

21 Mars

RÉBUS

Réponse : Le poney est dans l'écurie.
(L'œufs – pot – nez – haie – dent – lait – Q – riz)

22 Mars

CHARADE

Mon premier est la troisième note.

Mon second permet de voler.

Mon tout est sucré.

Réponse : Miel (mi – aile).

23 Mars

Monsieur et Madame Sahalor
ont un fils.
Comment s'appelle-t-il ?

Aubin, parce que :
Oh ! Ben ça alors !

24 Mars

Qui suis-je ?

Marron ou orange, je bave
et je rampe sur le sol.
Je n'ai pas de coquille.

Une limace.

25 Mars 

Jeu de mots

Si quelqu'un est très doué avec ses mains, on dit :

- ☐ Il a des doigts de fée.
- ☐ Il a les doigts dans le nez.

Il a des doigts de fée.

26 Mars

Blague

Mamie demande à Sami :

— Alors, comment as-tu trouvé les questions de ton contrôle ?

— Les questions, je les ai trouvées ! Ce sont les réponses que j'ai cherchées.

27 Mars

DEVINETTE

Pourquoi les poissons-chats s'ennuient-ils ?

Parce qu'il n'y a pas
de poissons-souris.

28 Mars

RÉBUS

Réponse : J'adore les jeux de société !
(JA – dos – R'œufs – lait – J'œufs – deux – seau – scie – haie – thé)

29 Mars

CHARADE

Mon premier est le sens grâce auquel on perçoit la saveur des aliments.

Mon second est après la lettre S.

Mon tout est un petit repas.

Réponse : Goûter (goût – T).

30 Mars

Monsieur et Madame Deujour
ont un fils.
Comment s'appelle-t-il ?

Adam, parce que :
À dans deux jours.

31 Mars

Qui suis-je ?

Je fais « bêêê » et je suis toute jaune.

Une chèvre déguisée en banane.

AVRIL

1er Avril

Jeu de mots

Si quelqu'un est très à l'aise et se sent bien, on dit :

☐ Il est comme un poisson dans le seau.

☐ Il est comme un poisson dans l'eau.

Il est comme un poisson dans l'eau.

2 Avril

Blague

Sami visite une ferme
avec Papa et Maman.
Il s'arrête devant les cochons
et dit :
— Écoute, Papa, ils parlent
comme toi quand tu dors !

3 Avril

DEVINETTE

Quels sont les trois chiffres préférés des poules ?

7, 1, 9 (c'est un œuf).

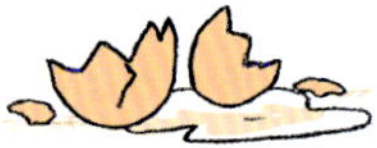

4 Avril

Réponse : J'aime les chocolats de Pâques.
(G – meuh – lait – CH'eau – K'eau – la – deux – pas – queue)

5 Avril

CHARADE

Mon premier est l'article « le » au féminin.

Mon second se coupe pour faire des tartines.

Mon tout adore les carottes.

Réponse : Lapin (la – pain).

6 Avril

Madame

Monsieur

Monsieur et Madame Faimal
ont une fille.
Comment s'appelle-t-elle ?

Aïcha, parce que :
Aïe ! Ça fait mal !

7 Avril

Qui suis-je ?

Je suis un poisson et je suis
la mieux coiffée de l'océan.

La raie.

8 Avril

Jeu de mots

Si quelqu'un est très doué pour faire pousser des plantes, on dit :

☐ Il a la main verte.

☐ Il a la main violette.

Il a la main verte.

9 Avril

Blague

Maman demande à Léo :

— Qu'est-ce que tu as mangé à la cantine ?

— Du steak, répond Léo.

— Avec quoi ?

— Ben, une fourchette !

10 Avril

DEVINETTE

Quel fruit est le plus silencieux ?

Une mûre mûre (Elle murmure).

11 Avril

Réponse : Je vais faire une farce !
(jeux – V – fer – U – nœud – phare – C'œufs)

12 Avril

CHARADE

Mon premier n'est pas froid.

Mon deuxième permet de fixer un papier sur un autre.

Mon troisième est la sixième note de musique.

On se régale de mon tout à Pâques.

Réponse : Chocolat (chaud – colle – la).

13 Avril

Monsieur et Madame Confituredenlefrigo ont une fille. Comment s'appelle-t-elle ?

Jaimy, parce que :
J'ai mis la confiture dans le frigo.

14 Avril

Qui suis-je ?

J'ai une mèche,
mais ce ne sont pas des cheveux.
Plus l'on m'utilise et plus je suis petite.
Je suis là à chaque anniversaire.

Une bougie.

15 Avril

Jeu de mots

Si quelqu'un réfléchit, on dit :

☐ Il se remue la tête.

☐ Il se creuse la tête.

Il se creuse la tête.

16 Avril

Blague

La maîtresse demande
à Sami :
— Peux-tu me dire ce qu'est une voyelle ?
— Facile, c'est la femme du voyou !

17 Avril

DEVINETTE

Quelle est la figure géométrique préférée des canards ?

Le cube, parce qu'il a plein de coins, coins, coins...

18 Avril

Réponse : Je serai le plus fort !
(jeux – sss – œufs – raie – L'œufs – plus – F'or)

19 Avril

CHARADE

Mon premier est un légume petit, rond et vert.

Mon second est à lui : mon, ton, ...

Mon tout se colle dans le dos.

Réponse : Poisson (pois - son).

20 Avril

Madame

Monsieur

Monsieur et Madame Nouhissement ont une fille. Comment s'appelle-t-elle ?

Éva, parce que : évanouissement.

21 Avril

Qui suis-je ?

Je saute, je coasse
et je vis dans les mares.
Qui suis-je ?

Une grenouille.

22 Avril

Jeu de mots

Si quelqu'un espère avoir de la chance, on dit :

☐ Il croise les doigts.

☐ Il multiplie les doigts.

Il croise les doigts.

23 Avril

Blague

Un zéro rencontre un huit
et lui dit :
— Super ta nouvelle ceinture !

24 Avril 

DEVINETTE

Qu'est-ce qui porte
des lunettes mais
ne voit rien ?

Le nez.

25 Avril

RÉBUS

Réponse : Les poneys aiment les caresses.
(lait – pot – nez – haie – meuh – lait – K – raie – C'œufs)

26 Avril

CHARADE

Mon premier est cloué sous le sabot du cheval.

Mon second est le cri de la vache.

Mon tout est un bâtiment que l'on trouve à la campagne.

Réponse : Ferme (fer – meuh).

27 Avril

Madame

Monsieur

Monsieur et Madame Orelechocolat ont une fille. Comment s'appelle-t-elle ?

Jade, parce que :
J'adore le chocolat.

28 Avril

Qui suis-je ?

Je passe dans les trous,
on me fait un nœud
et deux boucles.

Un lacet.

29 Avril

Jeu de mots

Si quelqu'un est très malin, on dit :

☐ Il est rusé comme un canard.

☐ Il est rusé comme un renard.

Il est rusé comme un renard.

30 Avril

Blague

Mamie va chercher Sami
à la sortie de l'école.
Elle lui demande :
— Raconte-moi, quel cours
préfères-tu quand tu es
à l'école ?
— La cour de récréation !

Mai

1er Mai

DEVINETTE

Comment appelle-t-on
une vieille barbe à papa ?

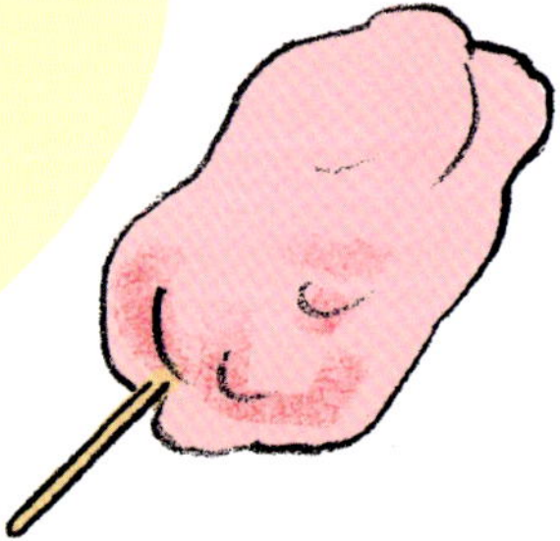

Une barbe à papy.

2 Mai

RÉBUS

Réponse : J'ai fait un bouquet de pissenlit !
(G – fée – un – B'houx – K'haie – deux – pie – cent – lit)

3 Mai

CHARADE

Mon premier est le chiffre avant « 2 ».

Mon deuxième n'est pas mouillé.

Mon troisième est à toi (me, ..., se).

Mon tout a six pattes.

Réponse : Insecte (un – sec – te).

4 Mai

Monsieur Madame

Monsieur et Madame Dirose

ont une fille.

Comment s'appelle-t-elle ?

Déborah, parce que :
des beaux radis roses.

5 Mai

Qui suis-je ?

Je donne ma forme aux gâteaux. On me remplit de pâte avant de me mettre au four.

Un moule.

6 Mai

Jeu de mots

Si quelqu'un a des picotements dans les jambes, on dit :

☐ Il a des fourmis dans les jambes.

☐ Il a des cigales dans les jambes.

Il a des fourmis dans les jambes.

7 Mai

Blague

Madame Alpha demande à Sami :

— Combien de « L » y a-t-il dans le mot « hirondelle » ?

— Deux, maîtresse, sinon elle ne peut pas voler !

8 Mai

DEVINETTE

Quelle est la carte à jouer préférée des abeilles ?

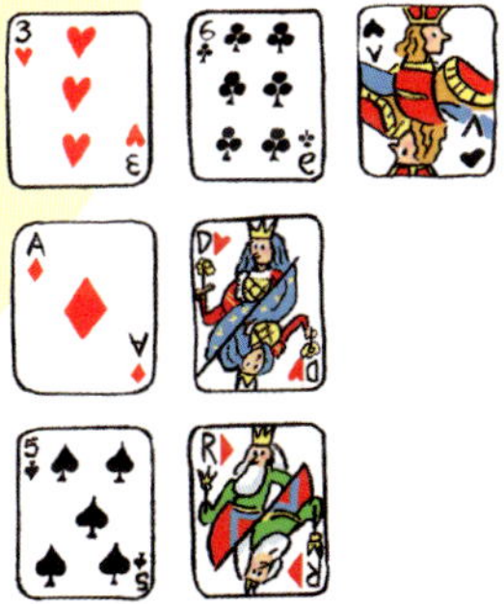

La reine de pique.

9 Mai

Réponse : Les coquelicots poussent dans les champs.
(lait – coq – queue – lit – K'eau – pou – sss – œufs – dent – lait – champ)

10 Mai

CHARADE

Mon premier est l'endroit où pousse le blé.

Mon second est à lui (mon, ton, ...).

Mon tout a des paroles.

Réponse : Chanson (champ – son).

11 Mai

Monsieur Madame

Monsieur et Madame Nain
ont trois filles.
Comment s'appellent-elles ?

Blanche, Neige et Lucette
parce que : Blanche-Neige
et les sept nains.

12 Mai

Qui suis-je ?

J'ai quatre pattes, des piquants sur le dos et je me roule en boule quand j'ai peur.

Un hérisson.

13 Mai

Jeu de mots

Si quelqu'un a les poils dressés sur les bras parce qu'il a froid ou peur, on dit :

- ☐ Il a la chair de poule.
- ☐ Il a la chair de poulpe.

Il a la chair de poule.

14 Mai

Blague

Un rouge-gorge demande
à un moineau :
— Comment préfères-tu
les vers, crus ou cuits ?
— Cui-cui !!!

15 Mai

DEVINETTE

Comment appelle-t-on un rat
qui en a vraiment marre ?

Un ras-le-bol !

16 Mai

RÉBUS

Réponse : En mai, fais ce qu'il te plaît !

(Han – M'haie – fée – C'œufs – K'île – T'œufs – P'lait)

17 Mai

CHARADE

Mon premier est le troisième mois de l'année.

Mon deuxième a des dents et coupe les arbres.

Mon troisième est avant « deux ».

Mon tout voyage en soucoupe volante.

Réponse : Martien (mars – scie – un).

18 Mai

Monsieur Madame

Monsieur et Madame Taufour
ont un fils.
Comment s'appelle-t-il ?

Thomas, parce que :
tomates au four.

19 Mai

Qui suis-je ?

Je marche sur le côté
et si on veut m'attraper
je pince.

Un crabe.

20 Mai

Jeu de mots

Si quelque chose est très facile à faire, on dit :

- [ ] C'est du château !
- [ ] C'est du gâteau !

C'est du gâteau !

21 Mai

Blague

Deux coccinelles font la course. Soudain, l'une d'elles s'arrête et dit :

— Attends, j'ai un point de côté !

22 Mai

DEVINETTE

Quel est le fruit que les poissons détestent ?

La pêche.

23 Mai

RÉBUS

Réponse : Elle danse dans la cuisine.
(aile – dent – S'oeufs – dent – la – cui – Zi – noeud)

24 Mai

CHARADE

Mon premier est la mamelle de la vache.

Mon deuxième coupe les troncs d'arbre.

Mon troisième est dans les cheveux emmêlés.

Mon tout est plein d'eau.

Réponse : Piscine (pis – scie – nœud).

25 Mai

Madame
Monsieur

Monsieur et Madame Tation
ont une fille.
Comment s'appelle-t-elle ?

Félicie, parce que :
Félicitations !

26 Mai

Qui suis-je ?

Je vis dans la savane, je suis noir et blanc et je hennis comme le cheval.

Un zèbre.

27 Mai

Jeu de mots

Si une personne embête une autre personne, on dit :

☐ Elle lui masse les pieds.

☐ Elle lui casse les pieds.

Elle lui casse les pieds.

28 Mai

CP

Blague

Un papa demande à son fils :

– Je ne trouve pas ton contrôle dans ton cartable, où est-il ?

– Ne t'inquiète pas, Papa, je l'ai prêté à Louis pour qu'il fasse peur à ses parents.

29 Mai

DEVINETTE

Qu'est-ce qui a deux bosses
et qui vit au pôle Nord ?

Un chameau qui s'est perdu.

30 Mai

Réponse : Hier c'était la fête des voisins !
(i – R – sept – haie – la – fée – T'œufs – dé – V'oie – Z'un)

31 Mai

CHARADE

Mon premier est à moi.

Mon second ne dit pas la vérité.

Mon tout aimera toujours Sami et Julie.

Réponse : Maman (ma – ment).

JUIN

1er Juin

Madame

Monsieur

Monsieur et Madame Golote
ont une fille.
Comment s'appelle-t-elle ?

Terry, parce que :
T'es rigolote.

2 Juin

Qui suis-je ?

Grâce à moi, on voit à travers les murs, sans aucune magie.

Une fenêtre.

3 Juin

Jeu de mots

Si quelqu'un est contrarié et ne veut plus parler, on dit :

☐ Il fait la tête.

☐ Il fait la chouette.

Il fait la tête.

4 Juin

Blague

Trois canards sont au bord d'un lac. L'un dit :

— Coin coin !

Les autres répondent :

— Ça alors ! C'est exactement ce qu'on allait dire !

5 Juin

DEVINETTE

Que dit un chien quand un autre chien lui vole son os ?

Os secours ! (Au secours !)

6 Juin

Réponse : Papa prépare une chasse au trésor !
(pas – pas – P'raie – pas – R'œufs – U – nœud – chat – seau – T'raie – Z'or)

7 Juin

CHARADE

Mon premier est une pièce de monnaie.

Mon second se mange avec des baguettes en Asie.

Mon tout grignote le fromage.

Réponse : Souris (sou – riz).

8 Juin

Monsieur et Madame
Pairduléclé ont un fils.
Comment s'appelle-t-il ?

Roger, parce que :
Rroo ! J'ai perdu les clefs !

9 Juin

Qui suis-je ?

Je suis dans la classe, dans l'école et dans la cour.

La lettre C.

10 Juin 

Jeu de mots

Si quelqu'un ferme un seul œil, on dit :

☐ Il fait un rien d'œil.

☐ Il fait un clin d'œil.

Il fait un clin d'œil.

11 Juin

Blague

Papa demande à Julie :

— Ma chérie, est-ce que tu sais où est la passoire, je ne la trouve plus.

— Je l'ai jetée à la poubelle, elle était toute trouée !

12 Juin

DEVINETTE

Que dit un escargot quand il arrive au sommet de la tour Eiffel ?

« Pfff ! J'en ai bavé ! »

13 Juin

RÉBUS

Réponse : J'ai les deux mains dans la farine.
(G – lait – deux – main – dent – la – fa – riz – nœud)

14 Juin

CHARADE

Mon premier est la couleur des feuilles.

Mon second est après la lettre F.

Mon tout est plein d'arbres.

Réponse : Verger (vert – G).

15 Juin

Monsieur et Madame Derniébonbon ont un fils. Comment s'appelle-t-il ?

Justin, parce que :
Juste un dernier bonbon.

16 Juin

Qui suis-je ?

Je vis en Afrique, je suis
le plus gros oiseau du monde,
mais je ne vole pas.

L'autruche.

17 Juin

Jeu de mots

Si quelqu'un est couvert de boutons, on dit :

☐ Il a la varicelle.

☐ Il a la varipoivre.

Il a la varicelle.

18 Juin

Blague

Madame Alpha dit à Sami :

— Mais enfin, Sami, tu n'as rien écouté, j'avais demandé de dessiner un avion.

— Je l'ai fait, maîtresse !

— Sami, il n'y a qu'un point sur ta feuille !

— Oui, c'est un avion qui est très, très loin.

19 Juin

DEVINETTE

Où trouve-t-on des chats marrants ?

Dans les livres, car il y a des chats pitres (chapitres).

20 Juin

RÉBUS

Réponse : Le chameau a deux bosses !
(L'œufs – chat – M'eau – A – deux – B'eau – C'œufs)

21 Juin

CHARADE

Mon premier est sous la vache
et permet d'avoir du lait.
Mon deuxième est la première lettre
de l'alphabet.
Mon troisième veut dire « non » en anglais.

Mon tout est un instrument de musique.

Réponse : Piano (pis – A – *no*).

22 Juin

Madame

Monsieur

Monsieur et Madame Tar
ont un fils.
Comment s'appelle-t-il ?

Guy, parce que : guitare.

23 Juin

Qui suis-je ?

Dès le matin je chante dans la ferme, et mon petit est tout jaune.

Un coq.

24 Juin 

Jeu de mots

S'il pleut beaucoup, on dit :

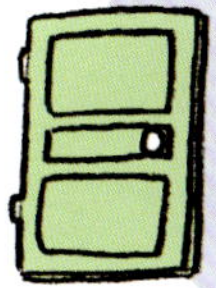

☐ Il pleut des portes.

☐ Il pleut des cordes.

Il pleut des cordes.

25 Juin

Blague

Madame Alpha dit à Sami :

— Sami, arrête de bavarder.

Ce n'est pas sérieux de bavarder en travaillant.

— Rassurez-vous, maîtresse, répond Sami, je ne travaille pas !

26 Juin

DEVINETTE

Quelles sont les quatre lettres les plus utilisées par les parents ?

O, B, I, C, parce que : Obéissez !

27 Juin

Réponse : Il ne faut pas casser les verres.
(île – nœud – faux – pas – K – C – lait – vert)

28 Juin 

CHARADE

Mon premier est après la lettre J.

Mon deuxième est une grosse souris.

Mon troisième est après la lettre S.

Mon tout est un sport de ninja.

Réponse : Karaté (K – rat – T).

29 Juin

Madame

Monsieur

Monsieur et Madame Nardenlabaignoire ont une fille. Comment s'appelle-t-elle ?

Jessica, parce que :
J'ai six canards dans la baignoire.

30 Juin

Qui suis-je ?

Je vole, je nage et je marche avec ma cane.

Un canard
(la cane est sa femelle).

JUILLET

1er Juillet

Jeu de mots

Si quelqu'un n'arrive pas à finir son assiette, on dit :

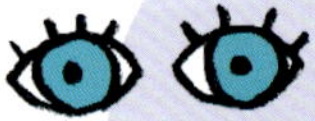

☐ Il a eu les yeux plus gros que le ventre.

☐ Il a eu les œufs plus gros que le ventre.

Il a eu les yeux plus gros que le ventre.

2 Juillet

Blague

L'école est finie. Emma annonce à sa maman :

— Maman, je suis meilleure que la maîtresse !

— Ah bon, pourquoi ?

— La maîtresse reste dans la même classe, et moi, en septembre j'irai dans la classe des grands !

3 Juillet

DEVINETTE

Pourquoi la maîtresse
met-elle des lunettes de soleil
en classe ?

Parce que ses élèves
ont des idées brillantes.

4 Juillet

RĒBUS

Réponse : Nous sommes des champions !
(N' – houx – seau – meuh – dé – champ – pion)

5 Juillet

CHARADE

Mon premier est le contraire de « tôt ».
Mon deuxième est le contraire de « tard ».
Mon troisième est un fruit rouge
qui n'a pas de noyau.

Mon tout est un gâteau.

Réponse : Tarte aux fraises (tard – tôt – fraise).

6 Juillet

Madame
Monsieur

Monsieur et Madame Fraichi
ont une fille.
Comment s'appelle-t-elle ?

Sarah, parce que :
Ça rafraîchit.

7 Juillet

Qui suis-je ?

Je suis un animal domestique dont le nom est un jeu de récréation.

Un chat.

8 Juillet

Jeu de mots

Si une personne doit connaître parfaitement une poésie, on dit :

☐ Il faut l'apprendre par sœur.

☐ Il faut l'apprendre par cœur.

Il faut l'apprendre par cœur.

9 Juillet

Blague

Deux asticots se rencontrent dans une pomme :

— Tiens, je ne savais pas que tu habitais dans ce quartier !

10 Juillet

DEVINETTE

Quelle est la différence entre une mouette et un goéland ?

La mouette est rapide
et le go est lent.

11 Juillet

RÉBUS

Réponse : Demain j'irai dans la piscine.
(deux – main – J – raie – dent – la – pie – scie – nœud)

12 Juillet

CHARADE

Mon premier sert à couper les troncs d'arbre.
Mon deuxième est après la lettre R.
Mon troisième est à toi (me, ..., se).

Mon tout est le moment préféré des chats.

Réponse : Sieste (scie – S – te).

13 Juillet

Monsieur Madame

Monsieur et Madame Zou
ont une fille.
Comment s'appelle-t-elle ?

Debby, parce que :
des bisous.

14 Juillet

Qui suis-je ?

Je vis à la ferme et je grogne.
Quand quelqu'un mange salement,
on l'appelle comme moi.

Un cochon.

15 Juillet

Jeu de mots

Si quelqu'un trouve des pièces d'or dans un coffre, on dit :

☐ Il a trouvé un trésor.

☐ Il a trouvé un quatorzor.

Il a trouvé un trésor.
(Le mot « quatorzor » n'existe pas.)

16 Juillet

Blague

Deux super-héros discutent :

— Je suis assez fort pour voler jusqu'au soleil !

— Tu dis n'importe quoi, tu vas te brûler !

— Mais non, j'irai la nuit...

17 Juillet

DEVINETTE

Quel est le fruit que les papas n'aiment pas ?

C'est la papaye (papa aïe).

18 Juillet

RÉBUS

Réponse : Passez de bonnes vacances !
(pas – C – deux – B'eau – nœud – VA – K'an – sss)

19 Juillet

CHARADE

Mon premier est le mâle de la biche.

Mon deuxième est le petit de la vache.

Mon troisième n'est pas rapide.

Mon tout est un jeu.

Réponse : Cerf-volant (cerf – veau – lent).

20 Juillet

Madame

Monsieur

Monsieur et Madame Citron
ont un fils.
Comment s'appelle-t-il ?

Théo, parce que :
thé au citron.

21 Juillet

Qui suis-je ?

Je suis un légume, je suis couvert de feuilles et j'ai un cœur mais il ne bat pas.

Un artichaut.

22 Juillet

Jeu de mots

Si quelqu'un a beaucoup de chance, on dit :

☐ Il est né sous une bonne toile.

☐ Il est né sous une bonne étoile.

Il est né sous une bonne étoile.

23 Juillet

Blague

Maman chameau n'est pas très contente après ses enfants :

– Si vous n'êtes pas sages, vous n'aurez pas de désert !

24 Juillet

DEVINETTE

Qu'est-ce qui tombe tous les jours, sans faire de bruit ?

La nuit.

25 Juillet

RÉBUS

Réponse : Waouh ! Même pas peur !
(houx – A – houx – M'haie – meuh – pas – P'heure)

26 Juillet

CHARADE

Mon premier miaule.

Mon second est rempli de terre et d'une plante.

Mon tout est sur la tête.

Réponse : Chapeau (chat – pot).

27 Juillet

Monsieur Madame

Monsieur et Madame Sérien ont un fils. Comment s'appelle-t-il ?

Jean, parce que :
J'en sais rien.

28 Juillet

Qui suis-je ?

Je suis la fin
du mois de juillet.

La lettre T.

29 Juillet

Jeu de mots

Si quelque chose s'organise très facilement, on dit :

- ☐ Ça se passe comme sur des roulettes.
- ☐ Ça se passe comme sur des poulettes.

Ça se passe comme sur des roulettes.

30 Juillet

Blague

Le maître demande :

— Qui sait où a été signé l'armistice de la Première Guerre mondiale ?

— Moi, monsieur, je sais... en bas de la page !

31 Juillet

DEVINETTE

Quel est le coquillage
le plus léger ?

La palourde.

Août

1er Août 

RÉBUS

C  T  

Ch' 

Réponse : C'est l'été, il fait chaud !
(C – lait – T – île – fée – Ch'eau)

2 Août

CHARADE

Mon premier est la note après le sol.
Mon deuxième est entre l'entrée et le dessert.
Mon troisième est une activité amusante.

Mon tout est près de la mer.

Réponse : La plage (la – plat – jeu).

3 Août

Madame

Monsieur

Monsieur et Madame Mansoif
ont un fils.
Comment s'appelle-t-il ?

Gérard, parce que :
J'ai rarement soif.

4 Août

Qui suis-je ?

J'aide tout le monde à monter
et à descendre, pourtant
je ne bouge jamais.

Un escalier.

5 Août

Jeu de mots

Si un vêtement va très bien à quelqu'un, on dit :

☐ Ça lui va comme un paon.

☐ Ça lui va comme un gant.

Ça lui va comme un gant.

6 Août

Blague

Deux abeilles discutent :

– J'ai enfin pris un abonnement Internet.

– Super, tu me donnes ton e-miel ?

7 Août

DEVINETTE

Pourquoi Papa dit-il que la boxe est le sport le plus fruité ?

Parce que le boxeur prend une pêche dans la poire et qu'il tombe dans les pommes.

8 Août

RÉBUS

Réponse : Demain je ferai des crêpes !
(deux – main – jeux – feu – raie – dé – craies – P'œufs)

9 Août

CHARADE

Mon premier est la neuvième lettre de l'alphabet.

Mon deuxième est rempli de terre
et on y met une plante.

Mon troisième est ce que fait une personne
qui passe ses vacances sous une tente.

Mon tout vit dans l'océan.

Réponse : Hippocampe (I – pot – campe).

10 Août

Madame

Monsieur

Monsieur et Madame Mation
ont une fille.
Comment s'appelle-t-elle ?

Mélanie, parce que :
Mets l'animation !

11 Août

Qui suis-je ?

J'arrive quand le soleil
s'en va et je recouvre le ciel
d'un grand manteau noir.

La nuit.

12 Août

Jeu de mots

Si quelque chose est presque impossible à retrouver, on dit :

☐ Chercher une aiguille dans une botte de foin.

☐ Chercher une aiguille dans une botte en caoutchouc.

Chercher une aiguille dans une botte de foin.

13 Août

Blague

Un client retourne chez le pharmacien et lui dit :

— Le dentifrice que vous m'avez vendu a vraiment mauvais goût !

— Ce n'est pas grave puisque après vous le recrachez.

14 Août

DEVINETTE

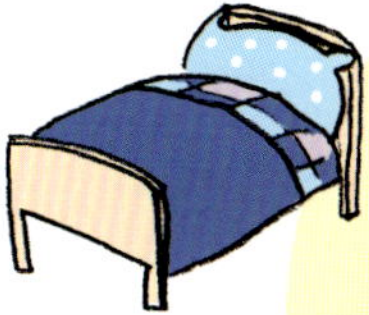

Quel est le point commun entre un livre et un lit ?

Les deux ont une couverture.

15 Août

Réponse : Coucou ! Venez, nous sommes ici !
(K'houx – K'houx – V'œufs – nez – N'houx – seau – meuh – Zi – scie)

16 Août 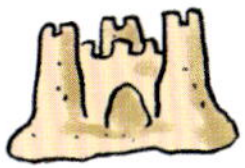

CHARADE

Mon premier est le contraire de «haut».

Mon second est sur le dos du mouton.

Mon tout chante dans l'océan.

Réponse : Baleine (bas – laine).

17 Août

Madame
Monsieur

Monsieur et Madame Velepremier ont un fils. Comment s'appelle-t-il ?

Harry, parce que :
Arrive le premier !

18 Août

Qui suis-je ?

Je me déplace dans le ciel sans ailes et je pleure sans yeux.

Un nuage.

19 Août

Jeu de mots

Si quelqu'un en a marre, on dit :

☐ Il en a ras la colle.

☐ Il en a ras le bol.

Il en a ras le bol.

20 Août

Blague

La maîtresse demande à Sami :

— Pourquoi as-tu écrit le mot « savon » avec un S majuscule ?

— Ben, je pensais que c'était forcément un nom propre !

21 Août 

DEVINETTE

Quels fruits trouve-t-on dans toutes les maisons ?

Des mûres et des coings
(des murs et des coins).

22 Août

RÉBUS

Réponse : Le tournesol est jaune comme un soleil
(L'oeufs – tour – noeud – sole – haie – J'eau – noeud –
K'eau – main – seau – lait – yeux)

23 Août 

CHARADE

Mon premier n'est pas dur.

Mon deuxième est un « e » avec un accent grave.

Mon troisième est un pronom personnel (me, ..., se).

Mon tout est un oiseau marin.

Réponse : Mouette (mou – è – te).

24 Août

Madame

Monsieur

Monsieur et Madame Ochocola
ont un fils.
Comment s'appelle-t-il ?

Douglas, parce que :
deux glaces au chocolat.

25 Août

Qui suis-je ?

Les lapins m'adorent,
je suis orange avec
des lunettes de soleil.

Une carotte... en vacances !

26 Août

Jeu de mots

Si quelqu'un a très peur, on dit :

- [ ] Il a la trouille.
- [ ] Il a la citrouille.

Il a la trouille.

27 Août

Blague

Sami demande à Zoé :

— Combien de temps mets-tu pour aller jusqu'à l'école à pied ?

— Je ne sais pas, je cours chaque fois, on est toujours en retard !

28 Août

DEVINETTE

Quel est le comble pour
un joueur de football ?

C'est de ne pas avoir
de but dans la vie.

29 Août

RÉBUS

Réponse : J'ai trouvé une étoile de mer !
(G – T'roue – V – U – nez – toit – L'œufs – deux – M'haie'R)

30 Août

CHARADE

Mon premier tient la voile du bateau.
Mon second est la deuxième note
de musique.

Mon tout est le mouvement de la mer.

Réponse : Marée (Mât – Ré).

31 Août

Monsieur

Madame

Monsieur et Madame Èhuneblague ont un fils. Comment s'appelle-t-il ?

Jeff, parce que : J'ai fait une blague.

SEPTEMBRE

1er Septembre

Qui suis-je ?

Je suis rempli de mots
mais je ne parle jamais.

Un livre.

2 Septembre

Jeu de mots

Si quelqu'un dort profondément, on dit :

- [ ] Il dort à coings fermés.
- [ ] Il dort à poings fermés.

Il dort à poings fermés.

3 Septembre

Blague

Madame Alpha demande
à un élève :
— Tom, qu'as-tu fait pendant
tes vacances ?
— Oh, pas grand-chose, en
tout cas pas de quoi écrire
une rédaction.

4 Septembre

DEVINETTE

Pourquoi les chats aiment-ils être photographiés ?

Parce qu'on leur dit :
« Souris ! »

5 Septembre

RÉBUS

Réponse : Que fait la maîtresse pendant la récré ?
(queue – fée – lame – haie – tresse – paon – dent – la – raie – craie)

6 Septembre

CHARADE

Mon premier est l'endroit où dansent les princesses.

Mon deuxième dure 12 mois.

Mon troisième est avant la nuit.

Mon tout est un jeu.

Réponse : Balançoire (bal – an – soir).

7 Septembre

Madame

Monsieur

Monsieur et Madame Ouvelle
ont une fille.
Comment s'appelle-t-elle ?

Hélène, parce que :
Elle est nouvelle.

8 Septembre

Qui suis-je ?

Plus je sèche les autres et plus je deviens humide.

Une serviette de bain.

9 Septembre

Jeu de mots

Si on pense que quelque chose n'arrivera jamais, on dit :

☐ Quand les poules auront des dents.

☐ Quand les loups auront des dents.

Quand les poules auront des dents.

10 Septembre

Blague

La maîtresse demande à Léna :

— Quel est le pluriel de « un beau bal » ?

— Des bobos !

11 Septembre

DEVINETTE

Dans l'alphabet,
quelles sont les lettres
les plus vieilles ?

A et G (âgé).

12 Septembre

RÉBUS

Réponse : Il est dans la mare depuis une heure.
(île – haie – dent – la – mare – deux – puits – U – nœud – heure)

13 Septembre

CHARADE

Mon premier écrit sur les tableaux noirs.

Mon second n'est pas beaucoup.

Mon tout est un dessert
que Sami et Julie adorent.

Réponse : Crêpe (craie – peu).

14 Septembre

Madame
Monsieur

Monsieur et Madame Sonkui ont une fille et un fils. Comment s'appellent-ils ?

Léa et Rico, parce que :
Les haricots sont cuits !

15 Septembre

Qui suis-je ?

J'ai six pattes et je marche sur la tête.

Le pou.

16 Septembre

Jeu de mots

Si quelqu'un est petit, on dit :

☐ Il est haut comme un bonhomme.

☐ Il est haut comme trois pommes.

Il est haut comme trois pommes.

17 Septembre

Blague

À l'heure du goûter, Julie trouve Sami dans la cuisine :

– Tu as mangé tous les biscuits tout seul, sans penser à moi ?

– Oh si, j'ai pensé à toi ! Tout le temps où je mangeais, je me disais : « Pourvu qu'elle n'arrive pas maintenant ! »

18 Septembre

DEVINETTE

Quel est le point commun entre une maîtresse et un avion ?

La maîtresse d'école et l'avion décolle.

19 Septembre

Réponse : Une souris verte, qui courait dans l'herbe !
(U – nœud – S'houx – riz – ver – T'œufs – Ki – cou – R'haie – dent – lait'R – B'œufs)

20 Septembre

CHARADE

Mon premier est dans la bouche.

Mon second est la troisième lettre de l'alphabet.

Mon tout nous fait bouger.

Réponse : Danser (dent – C).

21 Septembre

Monsieur

Madame

Monsieur et Madame Versaire
ont une fille.
Comment s'appelle-t-elle ?

Annie, parce que :
anniversaire.

22 Septembre

Qui suis-je ?

Je traverse les villes
et les villages mais
je ne bouge jamais.

La rue.

23 Septembre

Jeu de mots

Si des enfants sautent de case en case jusqu'au ciel, on dit :

☐ Ils jouent à la marelle.

☐ Ils jouent à la marraine.

Ils jouent à la marelle.

24 Septembre

Blague

Julie demande à Maman :

— Est-ce que tu peux me faire une queue-de-cheval ?

— Tes cheveux sont un peu courts, répond Maman.

— Alors, fais-moi une queue-de-poney !

25 Septembre

DEVINETTE

Quel animal a
trois bosses ?

Un chameau qui s'est cogné.

26 Septembre

RÉBUS

Réponse : Elle est si rapide.
(aile – haie – scie – rat – pie – deux)

27 Septembre

CHARADE

Mon premier tient les voiles sur un bateau.
Mon second est la dixième lettre
de l'alphabet.

Mon tout est plein de surprises.

Réponse : Magie (mât – J).

28 Septembre

Monsieur et Madame Onaite
ont deux filles.
Comment s'appellent-elles ?

Marie et Camille, parce que :
Marionnette et Camionnette.

29 Septembre

Qui suis-je ?

Je suis très lourd et tout gris. En Afrique, j'ai de très grandes oreilles. En Asie, mes oreilles sont plus petites.

Un éléphant.

30 Septembre

Jeu de mots

Si des enfants portent un kimono pour pratiquer un sport, on dit :

☐ Ils font du jus d'orange.

☐ Ils font du judo.

Ils font du judo.

OCTOBRE

1er Octobre

0/20

Blague

Papa demande à Basile :

— Pourquoi as-tu eu une mauvaise note ?

— Parce que ce n'est pas moi qui l'ai mise !

2 Octobre

DEVINETTE

Que fait un dragon quand
il trouve un livre ?

Il ne fait rien, il ne sait pas lire !

3 Octobre

RÉBUS

Tobi se roule dans les feuilles.
(T'eau – Bi – sss – œufs – roue – L'œufs – dent – lait – feu – yeux)

4 Octobre

CHARADE

Mon premier est après la lettre J.

Mon deuxième est le contraire du mot « haut ».

Mon troisième est dans les cheveux emmêlés.

Mon tout est un abri pour jouer.

Réponse : Cabane (K – bas – nœud).

5 Octobre

Madame

Monsieur

Monsieur et Madame
Movafondu ont une fille.
Comment s'appelle-t-elle ?

Maggie, parce que :
Ma guimauve a fondu.

6 Octobre

Qui suis-je ?

J'ai deux aiguilles mais je ne pique pas. On me regarde souvent pour voir le temps passer.

Une montre à aiguilles.

7 Octobre

Jeu de mots

Si des enfants sont placés les uns derrière les autres, on dit :

☐ Ils marchent à la queue leu leu.

☐ Ils marchent à la queue feu feu.

Ils marchent à la queue leu leu.

8 Octobre

Blague

Madame Alpha, la maîtresse,
corrige la dictée :
— Sami, que faut-il mettre
à la fin d'une ligne ?
— Un asticot !

9 Octobre

DEVINETTE

Quelle lettre peut-on lancer
pour jouer ?

Le D (le dé).

10 Octobre

Réponse : Elle n'est pas dans la forêt.
(aile – nez – pas – dent – la – faux – raie)

11 Octobre

CHARADE

Mon premier est au cœur du pain.

Mon deuxième est le masculin de « la ».

Mon troisième tombe de l'arbre en automne.

Mon tout est un gâteau.

Réponse : Millefeuille (mie – le – feuille).

12 Octobre

Monsieur Madame

Monsieur et Madame Roihopié
ont un fils.
Comment s'appelle-t-il ?

Jeff, parce que :
J'ai froid aux pieds.

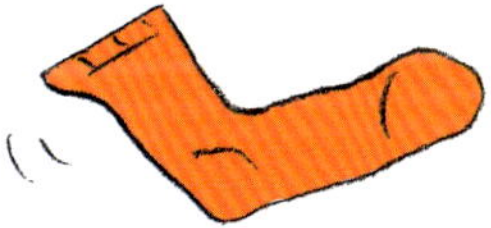

13 Octobre

Qui suis-je ?

On peut me collectionner.
Je peux indiquer la route.
On peut jouer avec moi.
Je peux payer.

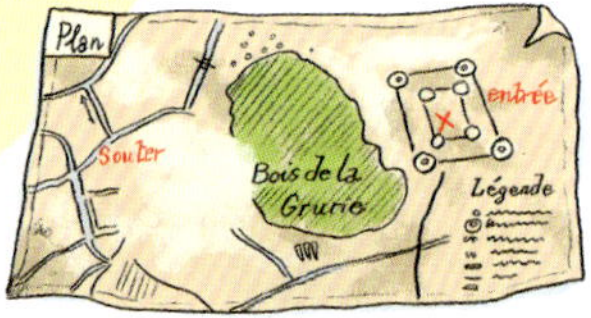

Une carte.

14 Octobre

Jeu de mots

Si quelqu'un est très bavard, on dit :

☐ Il est bavard comme une pie.

☐ Il est bavard comme une pierre.

Il est bavard comme une pie.

15 Octobre

Blague

Une gomme rencontre une autre gomme et lui demande :

— Comment ça va ?

— Gomme ci, gomme ça !

16 Octobre

DEVINETTE

Le père de Lisa a trois enfants :

Pim, Pam et ... ?

Lisa !

17 Octobre

RÉBUS

Réponse : Je vais plus haut que les étoiles.
(jeux – V – plus – eau – queue – lait – Z'étoiles)

18 Octobre

CHARADE

Mon premier est le petit de la biche.

Mon deuxième est le contraire de « tard ».

Mon troisième est le cri de la vache.

Mon tout fait « bouh ! ».

Réponse : Fantôme (faon – tôt – meuh).

19 Octobre

Madame
Monsieur

Monsieur et Madame Ono
ont une fille.
Comment s'appelle-t-elle ?

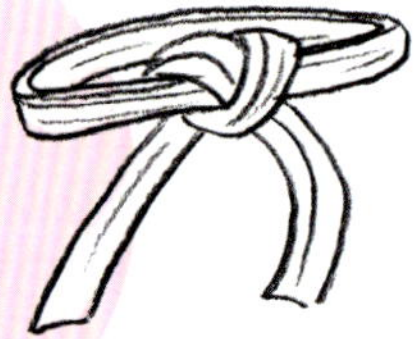

Kim, parce que : kimono.

20 Octobre

Qui suis-je ?

J'ai un chapeau, mais pas de tête. J'ai un pied mais pas de chaussure.

Un champignon !

21 Octobre

Jeu de mots

Si quelqu'un est tout rouge parce qu'il ne s'est pas protégé du soleil, on dit :

☐ Il a pris un coup de soleil.

☐ Il a pris un bisou de soleil.

Il a pris un coup de soleil.

22 Octobre

Deux monstres discutent :

– C'est bizarre, j'ai l'impression que ma patte gauche sent moins mauvais que ma patte droite.

– Mais non, c'est ta narine gauche qui est bouchée.

23 Octobre

DEVINETTE

Pourquoi les souris n'aiment-elles pas jouer aux devinettes ?

Parce qu'elles ont peur de donner leur langue au chat.

24 Octobre

Réponse : Où est ton parapluie ?
(houx – haie – thon – pas – rat – pluie)

25 Octobre

CHARADE

Mon premier est le meuble sur lequel on dort.

Mon second est sur la tête du taureau.

Mon tout est un cheval magique.

Réponse : Licorne (lit – corne).

26 Octobre

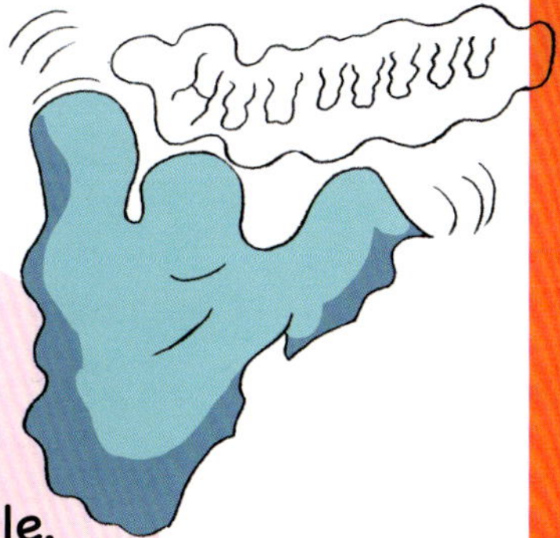

Monsieur

Madame

Monsieur et Madame Tépazunfantome ont une fille. Comment s'appelle-t-elle ?

Sandra, parce que :
Sans drap t'es pas un fantôme.

27 Octobre

Qui suis-je ?

Les pompiers me portent.
Et quand je suis sur les oreilles,
on entend de la musique.

Un casque.

28 Octobre

Jeu de mots

Si quelqu'un reste au lit le matin pour se reposer plus longtemps, on dit :

- ☐ Il fait la grosse matinée.
- ☐ Il fait la grasse matinée.

Il fait la grasse matinée.

29 Octobre

Blague

Un petit vampire dit
à sa maman :
— Maman, Maman, regarde,
j'ai perdu une dent !
— Super ! Ce soir n'oublie pas
de la mettre sous ton oreiller, la
petite chauve-souris va passer !

30 Octobre

DEVINETTE

Quelle est la fée la plus paresseuse ?

La fée Néante (fainéante).

31 Octobre

RÉBUS

Réponse : Je crois que quelqu'un est derrière la porte.

(Jeux – croa – queue – K'aile – K'un – haie – dé – riz – R – la – porte)

NOVEMBRE

1er Novembre

CHARADE

Mon premier est la quatrième lettre de l'alphabet.

Mon second est un animal avec des bois sur la tête.

Mon tout se sert à la fin du repas.

Réponse : Dessert (D – cerf).

2 Novembre

Madame

Monsieur

Monsieur et Madame Chète
ont une fille.
Comment s'appelle-t-elle ?

Barbie, parce que : barbichette.

3 Novembre

Qui suis-je ?

Près de l'ordinateur, je suis sous la souris. Quand je suis magique, je vole.

Un tapis.

4 Novembre

Jeu de mots

Si quelqu'un fait semblant de pleurer sans être vraiment triste, on dit :

☐ Il verse des larmes de crocodile.

☐ Il verse des larmes de mammouth.

Il verse des larmes de crocodile.

5 Novembre

Blague

Basile discute avec Sami :

— Quand je bois du soda,
je ne peux pas dormir.

— Moi c'est le contraire, dit Sami.

— Ah bon ? demande Basile.

— Oui, quand je dors, je ne peux
pas boire de soda.

6 Novembre

DEVINETTE

Pourquoi les flamants roses lèvent-ils une patte pour dormir ?

Parce que s'ils levaient les deux, ils tomberaient !

7 Novembre

RÉBUS

C le … les

 T' 

Réponse : C'est la fête !
(C – la – fée – T'œufs)

8 Novembre 

CHARADE

Mon premier est à elle.

Mon second est sous la croûte du pain.

Mon tout est le frère de Julie.

Réponse : Sami (sa – mie).

9 Novembre

Madame
Monsieur

Monsieur et Madame Coptère
ont un fils.
Comment s'appelle-t-il ?

Élie, parce que : hélicoptère.

10 Novembre

Qui suis-je ?

Je suis grise ou blanche, mais dans la chanson je suis verte. Quand je suis chauve, je vole la nuit.

Une souris.

11 Novembre

Jeu de mots

Si quelqu'un est très malin, on dit :

☐ Il est malin comme un pingouin.

☐ Il est malin comme un singe.

Il est malin comme un singe.

12 Novembre

Blague

Madame Alpha demande
à un élève :
– Quand je dis « il pleuvait »,
de quel temps s'agit-il ?
– D'un sale temps, madame !

13 Novembre

DEVINETTE

Quelle est la différence
entre un bateau qui coule
et un dindon ?

Il n'y en a pas,
les deux font glouglou.

14 Novembre

RÉBUS

Réponse : Je fais la sieste !
(jeux – fée – la – scie – S – T'œufs)

15 Novembre

CHARADE

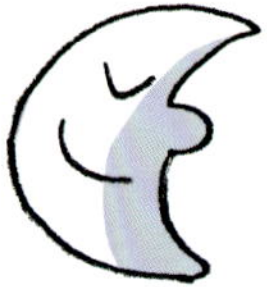

Mon premier est un poisson plat.

Mon second est après la lettre U.

Mon tout arrive pendant la nuit.

Réponse : Rêver (raie – V).

16 Novembre

Monsieur

Madame

Monsieur et Madame Amuse
ont un fils.
Comment s'appelle-t-il ?

Sam, parce que :
Ça m'amuse.

17 Novembre 

Qui suis-je ?

Sur les tartines ou dans les gâteaux, je peux être mou, dur ou fondu.

Du beurre.

18 Novembre

Jeu de mots

Si quelque part on ne voit personne, on dit :

☐ Il n'y a pas un chat.

☐ Il n'y a pas un chapeau.

Avancer comme une limace.

19 Novembre

Blague

La maîtresse demande à Sami pourquoi il est arrivé en retard.

— C'est parce que j'ai rêvé que j'étais à un match de foot.

La maîtresse ne comprend pas :

— Et donc ?

— Eh bien, il y a eu des prolongations !

20 Novembre

DEVINETTE

Qu'est-ce que les enfants usent le plus à l'école ?

Les professeurs !

21 Novembre

RÉBUS

Réponse : Tais-toi pendant que je lis !
(T – toit – paon – dent – queue – jeux – lit)

22 Novembre

CHARADE

Mon premier sort du pis de la vache.
Mon second permet de fixer une feuille sur une autre.

Mon tout est le lieu de travail de Madame Alpha.

Réponse : L'école (lait – colle).

23 Novembre

Monsieur Madame

Monsieur et Madame Éhanlaine
ont un fils.
Comment s'appelle-t-il ?

Gilles, parce que :
gilet en laine.

24 Novembre

Qui suis-je ?

Je suis en papier ou en tissu. Je suis « à main » ou « à dos ». Je suis « de couchage » au camping.

Un sac.

25 Novembre

Jeu de mots

Si quelqu'un se réveille en pleine nuit à cause d'un mauvais rêve, on dit :

☐ Il a fait un cauchemar.

☐ Il a fait un gros-chemar.

Il a fait un cauchemar.
Le mot « gros-chemar » n'existe pas.

26 Novembre

Blague

Léna demande à Tom :

— As-tu changé l'eau de Bubulle ?

— Ce n'est pas la peine, il n'a pas encore tout bu.

27 Novembre

DEVINETTE

Qu'est-ce qui est jaune
et qui attend ?

Jonathan (jaune attend).

28 Novembre

Réponse : Il peint le mur de toutes les couleurs.
(île – pain – le – mur – deux – T'houx – T'œufs – lait – cou – L'heure)

29 Novembre

CHARADE

Mon premier est des deux côtés d'un visage.

Mon second est un petit mot pour dire « plus ».

Mon tout permet de s'amuser.

Réponse : Jouet (joue – et).

30 Novembre

Madame

Monsieur

Monsieur et Madame Moi
ont une fille.
Comment s'appelle-t-elle ?

Réponse : Odile, parce que :
Oh ! Dis-le moi !

père Noël

DÉCEMBRE

1er Décembre

Qui suis-je ?

On me trouve derrière les animaux et dans les files d'attente.

Une queue.

2 Décembre

Jeu de mots

Si des enfants se construisent une petite maison avec des bouts de bois, on dit :

☐ Ils construisent une savane.

☐ Ils construisent une cabane.

Ils construisent une cabane.

3 Décembre

CP

Blague

La maîtresse demande :

— Combien y a-t-il de lettres dans l'alphabet ?

Un élève répond :

— Huit ! A, L, P, H, A, B, E, T.

4 Décembre

DEVINETTE

Quelle table n'a
pas de pied ?

La table de
multiplication.

5 Décembre

RÉBUS

Réponse : J'ai un calendrier de l'Avent.
(G – un – K – L'han – D'riz – haie – deux – la – V'han)

6 Décembre

CHARADE

Mon premier est à elle : ma, ta, …

Mon deuxième s'achète à la boulangerie.

Mon troisième est avant « trois ».

Mon quatrième veut dire « non » en anglais.

Mon cinquième est le féminin de « il ».

Mon tout se décore.

Réponse : Sapin de Noël (sa – pain – deux – no – elle).

7 Décembre

Madame

Monsieur

Monsieur et Madame Golade
ont un fils.
Comment s'appelle-t-il ?

Larry, parce que :
la rigolade.

8 Décembre

Qui suis-je ?

Celle du chat est toute fine.
Celle des papas se rase.
Et celle des enfants est
en chocolat.

La moustache.

9 Décembre

Jeu de mots

Quelle est la bonne expression ?

☐ Elle a le bouquet.

☐ Elle a le hoquet.

Elle a le hoquet.

10 Décembre

Blague

La maîtresse demande à Sami :

– C'est ton papa qui t'a aidé à faire tes devoirs ?

– Non maîtresse, il les a faits tout seul.

11 Décembre

DEVINETTE

Pourquoi faut-il fermer un œil quand on vise ?

Parce que si on ferme les deux, on ne voit plus rien.

12 Décembre

Réponse : Le père Noël arrive bientôt.
(L'œufs – P'haie – R'œufs – N'eau – aile – A – riz – V'œufs – Bi – un – T'eau)

13 Décembre

CHARADE

Mon premier tourne sous le vélo.

Mon second est fait pour s'amuser.

Mon tout est la couleur du Père Noël.

Rouge (roue – jeu).

14 Décembre

Monsieur

Madame

Monsieur et Madame Hitunkado ont un fils. Comment s'appelle-t-il ?

Elmer, parce que :
Elle mérite un cadeau.

15 Décembre 

Qui suis-je ?

Je suis lumineuse dans la nuit. Je peux être « de poche » ou « de chevet ». Celle d'Aladdin est magique.

Une lampe.

16 Décembre 

Jeu de mots

Si quelqu'un veut aider une autre personne, on dit :

☐ Il donne un coup de main.

☐ Il donne un coup de pain.

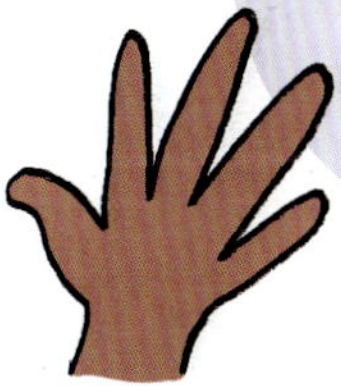

Il donne un coup de main.

17 Décembre

Blague

Emma demande à sa maman :

— Est-ce que je peux avoir de la bûche au chocolat, s'il te plaît ?

— Emma, je viens de t'en donner un gros morceau…

— Oui, mais j'en voulais un tout petit !

18 Décembre

DEVINETTE

Pourquoi les gens s'assoient devant l'écran pour regarder un film ?

Parce que derrière, il n'y a rien à voir.

19 Décembre

RÉBUS

Réponse : Il est l'heure de danser !
(île – haie – L'heure – deux – dent – C)

20 Décembre

CHARADE

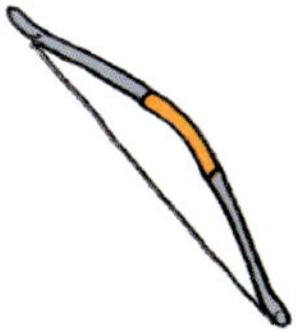

Mon premier permet de tirer des flèches.

Mon deuxième dure 365 jours.

Mon troisième est bleu et se voit quand on lève la tête.

Mon tout se compose de sept couleurs.

Réponse : Arc-en-ciel (arc – an – ciel).

21 Décembre

Madame

Monsieur

Monsieur et Madame Clette
ont une fille.
Comment s'appelle-t-elle ?

Lara, parce que :
la raclette.

22 Décembre

Qui suis-je ?

Je suis au musée ou au mur de la classe. Si je suis sur un cahier, on remplit mes cases.

Un tableau.

23 Décembre

Jeu de mots

Si on décore un conifère avec des boules et des guirlandes, on dit :

☐ C'est un sapin de Noël.

☐ C'est un chat peint de Noël.

C'est un sapin de Noël.

24 Décembre

Blague

Maman demande à Sami et Julie :

— Qu'est-ce que vous avez demandé au père Noël ?

— De venir plus souvent !

25 Décembre

DEVINETTE

Quelle est la lettre la plus dangereuse ?

Le H (hache).

26 Décembre

RÉBUS

Réponse : J'ai ouvert les cadeaux !
(G – houx – vert – lait – K – do)

27 Décembre

CHARADE

Mon premier est le contraire de mauvaise.

Mon deuxième n'est pas une femme.

Mon troisième est compris entre 1 et 3.

Mon quatrième est au milieu du visage.

Mon cinquième est avant « tu ».

Mon tout se fait en hiver.

Réponse : Bonhomme de neige (bonne – homme – deux –nez – je).

28 Décembre

Madame

Monsieur

Monsieur et Madame Tine
ont un fils.
Comment s'appelle-t-il ?

Clément, parce que :
clémentine.

29 Décembre

Qui suis-je ?

On me serre et on me desserre. Au judo, j'ai plusieurs couleurs. Et en voiture je suis « de sécurité ».

Une ceinture.

30 Décembre

Jeu de mots

Si deux personnes tombent amoureuses l'une de l'autre, on dit :

☐ Elles ont eu un coup de foudre.

☐ Elles ont eu un coup de coude.

Elles ont eu un coup de foudre.

31 Décembre

Blague

Sami nettoie la fenêtre avec son mouchoir. Soudain Maman lui dit :

— Un mouchoir, ce n'est pas fait pour nettoyer les fenêtres...

— Mais si Maman, c'est un mouchoir à carreaux !